왼손의 애가哀歌

국립중앙도서관 출판예정도서목록(CIP)

왼손의 애가(哀歌) : 최혜옥 시집 / 지은이: 최혜옥. -- 대
전 : 지혜 : 애지, 2018
    p. ;   cm. -- (J.H classic ; 024)

ISBN 979-11-5728-297-5 03810 : ₩10000

한국 현대시[韓國現代詩]

811.7-KDC6
895.715-DDC23   CIP2018027738

J.H CLASSIC 024

왼손의 애가哀歌

최혜옥

지혜

시인의 말

시를 마무리하는데
당신 모습은 보이지 않습니다.
하지만 압니다.
고요히 다녀가셨음을…

식어가던 찻물이
다시 뜨거워지는 동안
당신이 남기고 간
시 한 조각을 바라봅니다.

적요 속에 고인 시간인 듯.

2018년 가을
최혜옥

차 례

1부

2부

3부

4부

- 일러두기
  한 연이 첫 번째 행에서 시작될 때는 > 로 표시합니다.

1부

간절곶

그대에게 가는 바닷길이 있다
안부를 묻는 엽서 한 장 배달되지 않는
방파제 끝,
망부석이 된 우체통 옆에서
심해로부터 울려오는 첩첩의
푸른 간절함 그 너머로
그대에게 가는 하얀 길을 본다
달아나는 너울이 그대인 듯
물길을 만들며 멀어진다
눈길로 재어보는
그대와 나의 거리
지울 수 없는 길이 파도로 떠다닌다
파랑波浪으로도 닿을 수 없는
그대만 간절한 곳에서
간절곶을 본다

굿모닝 부팅

눈꺼풀이 햇살에 감전되듯
아침을 켜면
빛의 속도로 도착하는 하루

밤새 포맷된 세포들이
일제히 눈을 뜬다

업그레이드 될 어제를 알집으로 꾸리고
짜고 맵고 달큰 쌉쌀한 하루치를
북 마크할수록 깜빡이는 하이퍼링크들

조그만 배너 속, 더 조그만 링크도
압축을 풀어내면 경계가 무너진다

그릇된 정보와 악성 코드는 조심할 것.
선한 싸움, 사랑 파일에 적극 액세스할 것.

오늘도 하루를 켜고 재부팅하면
꺼졌던 어제가 빛의 속도로 도착한다

새 깃발을 든 별들은 제 눈빛을 지우고

진화는 찬란했다
고향은 연혁에 묻혀 전설이 될 거라 했다
봉숭아 꽃물 들이던 흑백사진 속 나를,
서둘러 탈출시키고 싶었다

바깥세상은 소란스러웠으나 아름다웠다
사람 아닌 사람들이 사람들을 제어하고
인공으로 가장한 인공들이 뜨거운 심장을 완성하는 중이었다
새 깃발을 든 별들은 제 눈빛을 지우고
깃발 위에 사차원의 꽃을 피워냈다

눈치 빠르게 정확한
빅 데이터의 초음속 같은 분열로
부서지면서 눈빛을 지운 소용돌이

발걸음이 떼어지지가 않았다
밖으로 밖으로 뛰쳐나가고 있었지만
풍향계처럼 제자리였다

감각을 잃은 어머니의 자궁이

저만치서 어른거렸는데,
꿈같은 꿈의 현실이 가위에 눌린 듯
새 깃발을 든 별들의 눈빛을
찬란한 진화로 지우고 있었다

바퀴 달린 사람들을 고발한다

먹물주머니가 터진 듯 금세 어둠이 번져버리는
저물녘의 시골길
자동차 헤드라이트에 피할 본능도 없이
길바닥에 엎드려 있는 희끗한 물체를 본다
탄력 붙은 속도에 실려
눈여겨 볼 겨를 없이 피해서 지나쳤는데
앞차 전조등 끝자락으로 종잇장처럼 구겨져 나뒹구는
또 하나의 닮은꼴을 본다
길가 검은 풀덤불에 쓰러져
식어가는 심장의 횡사
야성이 짓이겨진 채로
아스팔트 바닥에 찍은 붉은 눈빛

바퀴 달린 사람들이 끝없이 지나가고
어미 찾는 새끼 고라니 울음소리에
별들이 떼로 내려와 조등을 내건다

괄약근

공중목욕탕 탈의실
두어 걸음 떨어진 곳에서
새알만 한 갈색 물체를 보았다
점점 줄어드는 말줄임표처럼
욕탕 쪽으로 난 몇 개의 길
눈길로 따라가니
한 노파의 뒷모습에서 길이 끝났다

어깨에서 시작된 구부정한 시간이
주르르 흘러 하체에서 걸려 있었다
먹고 먹이는 일에
불끈 쥐었던 방심이 풀려
몸이 자동으로 열렸던 것

빗장이 해제되는
낡은 회로들의 순식간의 에러
낡은 문을 재부팅하고
초기화된 그림으로 되돌아가는 길은 없을까

녹슨 저 몸
나사를 죄는 법은 어디에도 없다

무른 뼈

한 번 앓을 때마다 뼈가 자랐다
바람을 안을 때마다 뼈가 자랐다

가시를 삼키는 듯 당혹스런 살점마다
선홍빛으로 번식하던 아픔
연체軟體로 태어난 게 화근이었다

45년 간 어둠 속에서
고스란히 뼈가 된 아버지를 만나던 날
퇴적된 흙의 켜 속에서
올챙이처럼 꼬물거리는 나를 보았다
헤엄쳐 일어서느라 놓쳐버린 푸른 시절
살을 에는 시간을 보았다

슬픔이 뭉쳐 뼈가 되는구나

무덤 속에서도
끝까지 남은 것은
앓을 때마다 자라난 무른 뼈였다

비문증飛蚊症

자꾸만 내 눈을 따라와
손을 저어도 떠나지 않고
도리질해도 아랑곳없이
불쑥불쑥 파리들처럼
내 눈을 따라 와.
체온이 모자라 날지 못한 젊은 날의 꿈
뜨겁고 아프게 자국 난 내 심장의 이력이
불면의 기로를 빗겨서고 말았던 거야
사랑했지만 과녁을 뚫지 못한 목마른 만남 만남들
상처가 아물고 통증도 사위고
내내 꼭꼭 눌러왔던 눈물들이
날개를 단 거야
마침내 눈부처가 되려고 맴도는 거야
저물녘의 오늘
동공에 맺힌 마지막 연인처럼

배경은 어제와 같음

잿빛 구름이 머릿결을 풀고
태양에 달궈진 홑이불을 뒤집어쓴 채
어슬렁거리다 사라진다
지상으로 가라앉는 무거운 기운이
발등에 얹힌다

배경은 어제와 똑 같음

밋밋한 벽돌을 비집고
각기 다른 표정들이 속속 자리잡는 천정
발을 치켜세운 나무의 옆구리에
거꾸로 웃고 있던 꽃들이 날아올라
프레스코화처럼 척척 달라붙는다
천정에 매달려속도를 내며 왼쪽으로 도는 시계
무너지는 구도를 붙잡고
시침과 분침이 교차하는 사이,
어제와 똑같은 배경이
과속방지턱을 넘는 듯
우울한 하루의 흔적이 덜컥거린다

직진의 공식

납빛으로 잠든 도시
가파른 콘크리트 벽을 가로질러
하늘로 치솟은 길 아닌 길에서

직진만을 거듭하다
놓친 풍경이 얼마나 많은지
천 길 낭떠러지 끝에서
외통수처럼 맞닥뜨린 빼곡한 현기증

먼지가 된 가방 속의 어제들은
울음을 견디다 몸부림을 치고
다른 한쪽 발은 벌써 디딜 곳을 잃었다

콘크리트 벽돌을 가로질러
납빛으로 잠든 도시는
길도 아닌 길에서 하늘로 치솟으며

그래도 가야 한다고
직진을 거듭하였다

겨울 우체국

낡은 창문으로 눈이 내린다
깃발은 홀로 서서 바람을 흔들고
계단 옆 베고니아 화분들은
일찌감치 잠이 들었다

길이 지워지고
곤줄박이 몇 마리 고개를 갸웃대는
인적 없는 외딴집
눈발이 허공에 편지를 쓴다
저 어지러운 흘림체들
지상에 닿는 순간 자음 모음이 흩어지는

오타도 지울 수 없는
긴 겨울
행간마다 쌓이는 눈발로
자꾸 고립되는 문장들,

겨울 우체국이
주소 없는 봉투에
애먼 우표만 덕지덕지 붙이고 있다

겨울 들판

계절의 끝자락에서

길이 사라졌다

허옇게 드러난 가슴 언저리

철새를 쫓아가던 바람이 곁눈질로 서성거렸다

햇살이 식어가고 갈대의 뼈가 삭아내렸다

맨발의 나무들이 침묵하는 사이

손발은 갈라지고

도랑의 물들은 물길을 잃었다

안으로 파고드는 나지막한 흐느낌이

우르르 벌판 끝까지 번져갔다

텅 빈 벌판에 누워

자궁 깊숙이 잿불을 묻고

여자가 봄을 기다리는 동안

바람은 소리로 집을 지었다

그녀는 부재 중

눈만 뜨면 찾아야 하네
오늘도 그녀를 놓쳐버린 집이 빈자리를 보여주네

어제는 거울을 보다가
거울 속으로 사라진 그녀를 찾아 집을 버리고
해거름에 사뭇 딴 사람이 되어 돌아오네
오늘도 비장하게 대문을 나선 그녀
서울행 버스 창 쪽 좌석에 앉아 눈을 감지만
급한 마음이 먼저 강남대로를 활보하네
전철을 갈아 타고 옆 사람들 쫓아
스마트폰 속으로 사라지네

강우량이 많던 지난여름엔
추억에 떠내려가 유년을 살고
노년의 세상도 서둘러 다녀 온 새치머리 그녀가
요즘 자주 횅한 거리를 서성이며
오지 않는 누군가를 기다린다는 풍문

또 어디로 간 것일까
늘 부재중인 기억이 그녀를 끌고,

그녀의 입은 정수리에 있다

촘촘히 엮인 입술 틈새로
밤과 낮의 눈물을 받아 마신다

시간이 흘러들어 그녀에게 시비를 거는
천 년 묵은 돌기들
쓰디쓴 눈물이 목 줄기를 타고 넘어
난데없이 방치된 뒤통수를 치기도 한다

어쩌다 가슴 언저리에 무지개를 올려놓지만
잡을 수 없게 명치에 불만 질러 놓고,
바람으로 스쳐 지나간다

뼈마디를 파고들어 정수리가 달아오르는 밤
마셔도 또 차오르는
천 년 묵은 돌기들

그녀가 오늘을 마신다
내일이 그녀를 마신다

외로운 날의 하이퍼링크

거기 내밀한 길이 있다네

한 잎의 낙엽 되어 바람 속을 뒹굴 때
숨 멈추고 눈 감으면 나타나는 문,
나를 인식하고 열리는 조붓한 길이 있다네

어둠이 깊어갈수록 선명해지는
외줄기 통로
더듬어 끝 간 데로 따라가면
거기 낯설지 않은 방
나를 닮은 한 외로움이 골똘히 앉아 있다네

아, 비로소 알아채는 것이라네
나를 떠난 건 바로 나 자신이었다는 것을

외로움도 익숙하면 따뜻해지는 법.
찬비에 지워진 길이 몸을 움츠릴 때
나는 링크를 한다네
은밀한 문, 빗장을 풀고
나에게로 나를 전송한다네

가을 한 권

저문다는 것은 가벼워지는 것
잎잎이 새겨진 최후의 열정은 붉은빛이다

물기 한 점 없는
노을을 표절한 문장이 이토록 뜨거운가

사족을 지우는 나무들
같은 무늬로 집단 투신하는
저 몸짓은 사선 또는 곡선이다

몸으로 쓰는 곡진한 사연
읽기도 전에 받침이 빠지고 탈자가 늘어난다
바람이 불 때마다 문맥이 뚝뚝 끊어진다

나무의 변심을 의심치 않고,

고요히 더 고요히
가벼이 더 가벼이

퇴고 중인 가을 한 권
붉은 유서가 기록되는 허공이 어지럽다

입추

새벽 발치 이불자락에
문득 도달한 그대의 기별

질펀하게 달궜던 여름날의 연애담과
잉크냄새 싱그러운 능금빛 신간 한 권 들고
얼굴 맞대고 싶다는 소식

가을 풀벌레들 노랫가락에 물빛도 서늘하고
넘실넘실 깊어가는 술잔에
그대의 시간이 또 얼마나 무르익을 것인가

길섶의 풀잎들 매무새 가다듬고
햇볕을 뒤집어 쓴 벼이삭들도
일제히 고개 빼어 기다리는데

기어이
쓰르라미가 내 발등에 울음을 엎질렀네

어느 연주자의 고백

연습은 끝내겠습니다

처음 대하는 악보라 할지라도
연습은 하지 않기로 합니다

박자가 무시되고
멜로디가 비포장 길을 뒤뚱일지라도
화음은커녕
낯익은 곡이 엉뚱하게 음 이탈을 하여도

한 음 한 음의 악보 사이에
쉼표로 만든 혼자만의 여가
짧은 소절에 실리는 몰입을
감히 하나뿐인,
음악이라 부르기로 합니다

차마
요란 떨지는 않을 것입니다
언제 어느 마디에서 연주가 끝나더라도
그때까지의 분량이 넉넉히 남아있다고,

그래서 이쯤에서

연습은 끝내겠습니다

2부

누구세요

당신은 붉은 추상화

송이째 터져버린 물감이
바람에 뒹굴어요

사랑은 비밀을 감추지 못해,
푸른 시절을 기억하는 포도주처럼
혈류를 타고 돌며
나를 일으켜요

원색이 되어가는
지병 속 현기증처럼
불쑥불쑥 회오리치는 당신

당신이 도착할 때까지
그릴 수 없는 나의 아득한 그림이
캔버스 위에서 사위어 가요

이름이 없어
불러 보지도 못한,

붓을 들고도 그릴 수 없는 당신은

당신은 누구세요

누구세요

그 여름의 Beer, 칵테일

미끄러지듯 잠입하였지
네 입술을 열고
콸콸 솟구치는 나를 밀어 넣다가
곧 불이 날 거라는 걸 알아챘지
흰 거품을 물고 있는 목이 긴 글라스에
시치미를 떼고 너를 숨겼어
달빛이 휘청거리고
뻐꾹새는 딸꾹질을 거듭했지
시큼한 밤꽃향이
온 들판에 번지고 있을 때

코앙뜨로와 라임주스,
일점 칠배의 보드카로 주세요
농축된 질투 몇 방울은 필수
도발적으로 흔들어주세요
흐트러져야 해요
몰락해야 해요
뾰로통한 아래 입술을 곁들일 거예요
쏘는 듯이 향기로운 정제된 거품
아, 얼음을 빠뜨리다니

\>

그 여름밤
안드로메다는 아주,
멀고도 멀었어

보바리 부인의 열애기

욘빌의 명물을 받아주세요 레옹
갓 굵어진 감람나무처럼 싱그러운 나의 레옹, 절 사랑하나요
—아마도, 부인

레옹은 파리로 떠났어요 로돌프
돈 많고 잘 생기고 매너 좋은 멋쟁이
꽃물처럼 달콤하고 세상에, 난폭할 줄도 아는 나의 로돌프, 절
사랑하나요
—아마도, 부인

늘 같은 노래만 부르는 새들아
어제 같은 오늘이 또 후줄근히 무덤을 향하는구나
내일은 뭔가 놀라운 일이 생길까
—아마도요, 부인

레옹도 로돌프도
여기 없어요 행복은 더더욱,
시골 의사 따윈 시시하고 지겨워
내일 떠나요
다만 착한 샤를, 아마도 당신은 절 사랑하겠죠

그녀의 낯선 바다

그녀는 아무것도 해명하지 않는다

그래서 아무도 모른다
밤도 낮도 없는
평생의 울렁증에 대하여 또는
새하얀 포말, 그
비통한 자각에 대하여

침묵 속 사유가
어떻게 푸른지
무엇에 어떻게
단 하나의 생을 걸고 있는지

아침을 낳는 산고라든가 또는
밤을 새워 품었던 새벽과의 거듭되는 작별,
생앓이만으로도 죄가 된
사랑에 대하여
끝나지 않은 그리움과
그칠 줄 모르는 기다림, 그 목마름에 대하여

>

멀고 가득한

그녀는,

낯선 시간을 만나고 돌아와

아무것도 해명하지 않는다

괴테의 거리

하이델베르크 햇볕은 하얗다
눈이 부신 창틀마다 보랏빛 제라늄에 숨어
그레트헨이 웃고 있다
즐비한 카페 술병엔 묵은 향이 그윽하고
와인빛 드레스를 차려입은 테이블들이 거리까지 나와 앉았다

휴지조각은 나뭇잎과 어울려 바람을 연주하고
거리의 악사는 제 흥을 켠다
이방인은 부지런히 풍경을 채집하고
가난도 다정하여라,
걸인은 동전 한 닢에 인정을 데우고

파라솔 드리워진 광장 한 켠,
하얀 정장을 차려입은 구름은
오래 전 세상을 떠난 시인과 농익은 포도주를 마시고 있다

서녘 하늘이 노을을 마저 거두고
못 다 핀 시간이
등불을 달자 이국의 거리는 생기가 넘친다
괴테는 어디론가 사라지고 눈을 반짝이는
카르페 디엠

가시를 꺼내다

너를 생각하다가
가슴에 꽃망울 맺혀 고열은 시작되었지

너에게로 가는 거미줄 같은 길을 내다가
핏물처럼 빛나는 시간을 보았지

너를 지켜야 해서
사랑의 다른 이름을 일으켜야 한다는 것

가서 꿈꾸기 위해
눈물도 삶의 페이지에 기록해야 한다는 것

상처가 덧나고 열꽃 잦아들지 않더라도
식지 않을 시간에 도달해야 하기에

거친 바람에도
장미는 제 가시를 몸 밖으로 꺼냈지

파우스트의 시인

샘물을 숨겨둔 숲
울창한 사유의 늪으로부터
샛강 따라 먼 길 흘러든 맑디맑은 언어를 위해

나무의 귀를 열고
하늘의 눈을 얻고 싶어요

잠보다 깊은 침묵을 딛고
가장 적절한 날에 깨어난 포도주처럼
견실한 그 향기, 제게도 뿌려 주세요

불씨 하나를 얻기 위해
가진 보석을 다 팔고도
한 번도 뒤돌아본 적 없는
당신의 이름은 낭비, 쓸쓸하고 아름다운

불꽃으로 피어날 시를 찾아
백지에 불씨를 나르는
당신은, 플루투스
누구도 손닿지 않은 언어를 캐기 위해

마차를 모는 소년*이지요

* 마차를 모는 소년 : 『파우스트』의 등장인물로 자신을 시詩, 시인, 이라고 자칭함.

사랑, 영원한

그래요
치유 불가의 지병
당신 떠난 후
따라붙은 이명耳鳴
내 귓 속을 맴도는 오랜 원시의 울음

맞아요
제어불가의 진원지
깊은 심장 깊숙한 곳에 감금된
평생의 두근거림
내 떨림이 시작된 그리움 하나

알아요
전설 같은 아마란스
죽어서도 다시 피어날
덩어리 불꽃
내 간절한 불치병 같은
사랑,

그림자는 나를 복사한다

검은 옷을 입고 따라나서는 동행
볕을 먹고 점점 키가 자란다

동네 어귀
팽나무가 발아래 벗어둔 그림자에 발목을 담그고
그늘을 짓듯이

나를 본뜨고 나를 짓는다

저 서늘한 옷
온몸을 재단한 나의 원본이다

솔기도 밑단도 없는
단벌옷을 입고 평생 붙어살다가

금이 가고 귀 떨어진 시간을 다 주워 입고

생 한 벌 깔고 누우면
몸속에 들,

나바라기 1

숨을 쉽니다
코끝으로 차오르는 환희와
몸의 길을 따라 빠져나온 소멸되는 호흡이
한 줌 목숨입니다

발바닥까지 지구 두 바퀴 반을 돌 수 있는
미세한 실핏줄까지 모두 그의 길입니다
들숨날숨을 붙잡고
풀잎에 기대는 바람처럼
밤하늘에 깜빡이는 별빛처럼
흔들리면서 서걱이면서

수만 촉수를 재우려니 기침이 납니다
눈물을 삼키니 딸꾹질도 납니다

숨을 쉽니다
어제를 매장하고 내일을 캐내려고
그리하여 마침내
가시를 삼키듯 나를 놓으며 오늘,
오늘을 삽니다

나바라기 2

바람이 홰치던 원시의 땅으로 가
함께 다시 출발하고 싶다
흙냄새뿐인 모호한 아침을 열고 종종걸음으로
한모금의 물부터 눈 비비며 찾아보고
부르튼 발을 함께 아파하며
넘어져도 얼싸안고 함께 절망한다면

눈물같이 부드러운 사막의 능선에서
타는 마름으로 목을 놓다
모진 바람의 아들을 만나기도 하다가
전설처럼 반짝이는 별을 만나
한 가닥 남은 낡은 신발 끈을 함께 동여매고

아무도 증명해 줄 수 없는 어제는
이제 끝장을 내야 한다
너를 잃어 혼자 걷던 여정은
흑백 사진첩에서 넋을 잃어야 한다

한 번도 밟지 않은 미지의 땅으로 가
살뜰하게 차리고픈 새살림도 곡조 맞춘 우아한 스텝도

내일 그곳에 곤히 두어야 한다

이제 너를 만나
정면으로 마주쳐 두 손 꼭 잡았으므로
심호흡 끝자락처럼 숨 쉴 것이기에
침묵으로 노래하고
휘청거리며 고요할 것이기에

거미

일말의 객기 또는 단호한 비행
왜 꿈꾼 적 없겠어요

눈만 뜨면 짓고 있는 이 집 결국
나를 가둘 그물이 될지 모른다고
허공 가득 불안을 걸어둔 적 왜 없겠어요

북받치는 뜨거움, 실을 잣듯 태연히 풀어내기까지
밀폐된 내 삶의 도가니
왜 뒤엉키는 아픔이 없었겠어요

파리 목숨이어도 파리는 내내 신바람을 피우고
그의 날개에 묻은 각종 세상이
안으로 사린 내 더듬이를 끈질기게 유혹하는데
날개가 자유라는 걸 이미
눈치 챈 적 왜 없었겠어요

타래지는 나의 엉킨 줄
아직 다 풀지는 못했지만
아침이면 창틀에 내려앉은

별들의 노래가 한 광주리씩 있었어요
누구에게도
너끈히 보여줄 수 있는
금빛 이슬이 가득했었어요

고독

깊이 162센티 웅덩이

제 그림자 말아 쥔 외벽 위쪽으로
이목구비가 걸려 있다

명쾌하지 못한 작은 창은
안으로만 향하기 일쑤여서
내부는 대체로 어둡다

밑바닥에 엉킨 듯 고여 있는
이름을 갖지 못한 활자들이
일탈을 꿈꾸다가 자꾸 미끄러진다

가지에 가지를 치고
꼬리에 꼬리를 문 모세혈관이
더듬이만으로 내벽을 헤집어
집을 짓는다

디딤목 한 개 없는
어둠이 가득한 빈 둥지
살아서 절명한 그것을 통째로 묻는다

깊이 162센티의 웅덩이에

모래시계

동화처럼 동그란 창가에서
은하의 빛나는 행렬을 본다

시간의 능선을 타고
내 눈동자 따라 흐르는 아득한 순례

어제와 내일을 구별 짓고
너와 나를 나누던 셈법은
이미 잊었어라

내 중력의 자락으로 빚어내는
삶의 주소는 언제나 현재

깨어나는 모든 순간들에 다만
까치발도 없이 별을 단다

눈 속의 모래알처럼 그렇게 아픈
존재라는 별을

그래도 아직 별들이 살지

새들이 울지 않는 도시의 숲
인파가 떠밀리는 거리에 서면
참을 수 없는 요의尿意 같은
욕구가 솟구치지
속력 뿜어내는 걸음을
멈출 수 없지
하늘은 보이지 않고
새들 울지 않지
시간이 채찍을 휘두르면
사람들은
벌컥벌컥 뿜어져 나왔다가
차곡차곡 휩쓸려 사라지지
단단한 벽 속에서 다시
더 두꺼운 벽 속으로

바깥 어둠 속에서 별들이
떨고 있지

적멸 1

번뇌를 길어올려
향불에 사르면

불티 몇 낱
멀고 먼 창가에 가 닿고

눈물 한 줌
우려낸 시간

잿가루만 남고

적멸 2

살 닿으러 간다

내 허기진 공간에
그대 가득히 떠 있어도

살 닿지 않아

어둠 속에 홀로 불 켜진
그대의 방을 향해
천리를 간다

왜 상처는 상처로
고통은 고통으로 두는지

묻지 마라
왜 묻지 말아야 하는지도
묻지 마라

3부

그리움에게 다가가다

유리창을 닦듯이
마음의 수정체를 닦을 순 없나요
첨단의 레이저로 낡은 생각 녹여내
말끔한 창으로 갈아 끼울 수 있다면

겹쳐 입은 페르소나 투시로 뚫고
속내를 환히 볼 수 있다면
선명한 활자를 읽듯 또박또박
정체를 읽을 수 있다면
씻고 닦고 다듬어
야들하게 키워낼 수 있다면

부르면 언제라도
말그스레 세수한
내 얼굴이 대답해 준다면

그믐

길이 어둠에 묻혀
나는 그대에게 가지 못합니다

익숙한 길인데도
그대가 눈을 감으니
온통 갈림길뿐입니다

별이 되지 못한 사랑들이
어둠 속을 뒷걸음치며
눈동자만 깜빡이는 밤

헛딛는 발걸음에
뭉텅뭉텅 밤이 무너집니다

시간의 등

오래된 기억과 손을 잡고
민낯으로 마주앉아

어둠을 먹고 빛나던
숱한 별자리들
불붙던 꽃잎들은 지금 어디에 있는지
잠든 계절을 조곤조곤 깨워

멀리도 흘러와
저물어 가는 길모퉁이에서
비바람 드나들 때마다
아직도 잊지 않은 그대를 헤아려보고
여전히 식지 않은 손길도 느껴보고

어쩌다 걸어볼 일이다
안장도 없는 시간의 등에 올라탄, 그대의 가을
지그시 밟으며

단풍구경 갔다가

지독한 목마름이었어
하늘은 저승처럼 아득하고
낙하만을 터득한 나비가 되어
자꾸 아래로 나풀대고

지난 시간들이 한 겹씩 벗겨져 내려
편지처럼 쌓인 기억은
가슴 한쪽에서 재가 되고

영문 모를 감탄과 환호가
바람결 가랑잎처럼 귓전에 쏟아질 때
그만 정신이 혼미해졌어

금세 지느러미가 돋은 낙엽들과
함께 춤을 추었어
난 어디에나 있고
무엇과도 하나였어
무심코 맡은 흙냄새에 실눈을 뜨니
물소리 맑은 고향이었어

꿈결처럼 아늑한
어머니의 자궁처럼
거침없는 자유로 갇혀 있었어

아버지가 손수 만든 은밀한 물길을 타고
햇살 걸터앉은 저 높은 곳으로 서서히 오르며
초록 잎눈 같은 사랑의 꿈을
뜨겁게 부풀리고 있었어

눈 편지

잠 못 드는 바람과
얼음장 밑 홀로 흐르는 냇물
성근 나뭇가지, 쓰러진 들풀, 고라니, 토끼, 고양이
어둠에 숨죽인 백합, 히야신스, 수선화
웅크려 잠든 개구리, 방울뱀, 눈곱 같은 씨알들

내 한 몸 이야기가 되어 말을 거네
안부를 묻네 입술을 대어보네
속으로 맴돌던 음과 음들을 하얗게 모아
사뿐히 소곤소곤 가뭇한 이름에게

마침내 할 이야기를 들고
그대에게 가네

세상 푸르게 일어설 그날
까마득히 전해질 몽매한 사랑
그대가 있어 온 세상을 사랑하였노라
그래서 조금 더디었노라

눈물로 남겨질 편지가 되어
오늘은 기어이 너에게 닿아야 하네

왼손의 애가哀歌

한낱, 한시
그대 서늘한 왼쪽에 나는
같은 사랑을 안고 태어났지

그대가 거칠 것 없는 큰손으로 자라는 동안
안팎의 대소사를 치르는 동안
난 굼뜨고 어눌하게
그대의 들러리로 애쓰고 있었지

나의 어설품을 한 번도 비난하지 않고
눈을 흘기지도 않은 당신
위험에 앞장서다 큰 화를 입은 지난겨울에도
달려가 이마 한 번 짚어준 내 손길을
눈시울 붉히며 고마워만 했었다

그대 향한 부러움은 열등감이 되고
자포자기를 거쳐 달관된 왼손으로 거듭나기까지
그대는 아무것도 눈치도 채지 못했지
의젓하게 큰 손이 되어
자기 몸처럼 아껴줄 뿐이었지

>

나 그대만 한 군자를 본 적이 없다
친애하는 오른손이여

그대 서늘한 왼쪽에서 다소곳이
함께 잠들리라
한날, 한시에

단식

밥 없음

냉장고 음식들을 모조리 없애고
빈 장바구니마저 창고에 처박았다
눈을 홀리는 술병, 향긋한 커피알,
주방의 표정도 깨끗이 치웠다
먹어도 배고픈 허기의 출처를
어쩌면 알아낼 수 있을지도 몰라
밥에 가려져 안 보이던 것들도
다시 드러날지도 몰라

그래, 딱 열흘
손가락을 걸었다
순간,
와락 덮쳐들어 결박하던 밧줄
반드르르한 고슬 밥을 무시로 들먹이며
어디 한 번 해보자는 으름장 앞에
갈래지는 마음 한 가닥 감출 길 없이
발가벗긴 하루들

\>

나흘 후
미음 있음

휴우,
엿새쯤 지나서야 표정이 풀리고
조금씩 환해졌다
허름한 일상에 입맛을 놓칠 때면
버릇처럼 꺼내어 되새김질하는 그날의 약속
부질없는 다짐만 허기로 달랬다

도시의 섬

그 섬에는
피에로가 살고 있지

눈썹은 까망, 입술은 빨강
연체의 척추와 일곱 빛깔 심장의
애달프고 사랑스런 피에로가

팽창된 슬픔으로 외줄을 버티고
제 무게를 끌어안고 재주를 넘는
방울무늬 고깔의 피에로가 살고 있지

어긋난 길을 돌고 건너
사뿐히 착지할 그 사랑을 위해
오늘도 어제처럼 세레나데를 연습하는,
거친 파도가 치는 도시에서
세 끼의 밥을 구걸하는
목이 쉰 피에로가 살고 있지

아름답고 적막한
사람의 섬에

유다의 입술

때가 이르자
세포가 꿈틀거렸다
걷잡을 수 없이
온몸의 피가 몰려들었다
출구가 없는 지상을 위하여
함성도 따라왔다
그런데,

하필 접니까

입술을 달싹거렸지만
말이 되지 않았다
예언은 정확하고 치밀해서
머리통이나 심장은 이미 거세되었다
의외로 간단했다
예수의 뺨이 바로 거기 있었다

키스
그것이면 족했다
좀 더 알맞은 빛깔의 아우성들이

현장을 삼켰다

그런데,

하필 저여야 했습니까

안개

이건 분명
꿈보다 아름다운 성취

제 한 몸 풀어
천지간 모서리들 다 지우고
아픔을 삭이는 늙은 첼로의 스트링처럼
깊고 느슨하게 눈물을 말린다

이건 분명
세상이 둥글어지는
꿈보다 아름다운 성취다

그대를 지우다가

이제
지우려 한다.

이렇게 아픈
너를 지우려 한다.

가슴 깊숙이 기억을 꽂고
흔적 모두 찾아 모은 후
Delete키 딱 한 번 누르면 되겠지.

그런데,
송두리째 나도 함께 지워지고 말겠구나.

술

참으로 너는 붙임성 좋은 여자

도톰하게 낭창스런 네,
곡선이 곡선 지는 허리 결
어찌 감겨들지 않을 수 있을까

스르륵 더워지는 것이지
경계들이 삭아 내리는 것이지

떼 지어 구경 나온 별들
까만 하늘 숭숭 뚫고 우릴 들여다볼 때
가르랑대는 너의 교태
발톱 비비면서 앙가슴을 파고든다

너는 아프고 나는 부풀고
그 밤, 기어이
경보가 울리는 것이지, 마침내
일제히 퍼지는 종루란 종루의 울음을 타고
부둥켜 실종하는 것이지 먼먼 열대 숲으로

>

냉혹한 아침은
터무니없이 빨리 온다
술에 탄 꿈이, 깬다

애월항

제주엔
애월이가 산다

사철 돌 바람 불고
파도 멎지 않는 그곳

눈도 귀도 입도 없어
한 가닥 애증도 없는
달빛만 교교한 애월이가 산다

푸른 파도에
짠 세월을 씻으며,
허벅으로 길어 나른 바다를 걸러서
맨발로 소금을 짓는,

정박을 잊은 그대를 위하여
밤이면 하염없이 등대를 밝히고
그리운 그대를 물질하다
제 넋이 나가버린 애월이가

>

간절히, 간절히,

산다

가을비

빗살무늬 커튼이 내려오고 있다

제3막 3장
어깨 들썩이며
주춤주춤 내리는 물결

아직 추스르지 못한 흥분이
객석에서 술렁이고
빨간 원피스의 주연배우
괄호 안의 대사를 우물거린다

대사를 다 써버린 조연과 엑스트라들은
돌아갈 채비를 하고

무대 뒤에서는
픽업된 또 다른 주연이
제4막의 찬란한 은빛 깃털을 펼치지만

커튼콜이 끝난 무대가 휑하다

건반 위의 아리아

건반 위로
멀리 있는 사랑을 불러낸다

체온이 닿으면
부벼지는 숨결에 불이 날 것 같아
삽시에 번져 타버릴 우리들의 공명共鳴
그 가파른 절정이 두려워

그대와 나 사이에 반음을 두어
눈 가리고 한껏 숨는다 해도
침묵조차 심장을 흔드는 걸
호흡을 다듬어도 현기증이 나는 걸

바위 틈 아랫녘에 저음으로 앉아
상아빛 기슭에 귀 기울이면
일곱 옥타브 모래톱 너머
아련히 파도쳐 오는 익숙한 목소리

그대 향해 달려가는 발자국마다
아리따운 선율 하나씩 피어나

여든여덟 굽이 해안 가득 출렁인다면
한 하늘 아래
하나의 노래를 이룬다면

아름다워
열 개의 손가락으로 부르는
멀리 있는 사랑

겨울나무

빈 하늘가
어깨에 걸터앉은 허공의 여백에
빛바랜 노을이 곤한 하루를 눕힌다

동면을 위하여
찬바람에 머리를 헹구는 수행자

고독할수록 물관이 더 단단해지며
깨어 있는 침묵을 흔든다
멈춘 듯 고적한 행보에 귀가 시리다

순리의 길도
내려놓음도 아픔이다
빈 몸이라 더욱 아름다운 쓸쓸한 실루엣

낮게 더 깊게
제 향기를 저장해 놓으며
오늘도 새하얀 솜털 옷을 짓는다

눈물을 쪼개서 비를 짓는다

장마가 계속됩니다
소리가 빗금을 긋습니다
아픔도 깊어지면 물이 되어 흐릅니다
이리 눅진한 날이면
애써 통증을 끌어안던 어머니

붉은 입술을 가진 그녀는
꽃이 아니었습니다
날개를 가졌지만
새도 아니었습니다

꽃과 새의 경계에 눈물이 채워져도
장마는 침묵하지 않은 채
하늘과 땅에 빗금을 그었습니다

기도가 깊어진 어머니의 골방 문틈으로
희미한 치맛자락만 보였지요

오늘은 온통 어둠뿐입니다
먹장 하늘도 침통하기만 합니다

비에 젖을라 가는 길 막힐라

지금은 또 어느 골방에 숨어들어

눈물을 짓고 계시는지요

그 여린 몸을 단호히 쪼개고 계신 건지요

4부

나, 너에게 당도하고자

'위*~'라고, 발음해 봐
물방울처럼 오므리고 싶은 입술을 참으며,
조물조물한 주름사이로 샛강이 흘러
긴 머릿결을 헹궈 빗는 물의 노래로 자라게

'위~'
마드모아젤처럼,
도와 미 사이에 너의 음표를 내려놓아 봐
흐느끼는 분리를 견디며
머물 수 없는 기울기로 고단해진 시간이
그 떨림을 눕혀 저음의 바다가 되게

'위~' 하며,
나를 향한 네 모습을 보아 봐
그 입술이 얼마나 우아한 원형인지
온 세상이 어떻게 열리는지
둥그런 발음을 타고
나도 너에게 당도하고자 하니

* 위 : we(우리), oui(yes, 네).

그때, 허공

흐느끼는 바다 안길 수 있게
지친 구름 기댈 수 있게
가없이 가슴을 펼치고 펼쳤다

천만가닥 햇살 은총으로 내리고
그리운 눈동자엔 별빛이 고이게
뜬눈으로 숨결도 고르고 골랐다

이젠 그대에게 틈새를 벌려
사랑으로 해감이 되어야 할 때
그대에게 물들어야 할 때

당신은 아스라이 먼 허공이 되었다

바다의 품을 헤아리다

온갖 신비를 내면에 안고
깊은 꿈을 꾸다가
투정처럼 하얀 포말로 깨어나는 바다여

때론 거친 숨을 몰아쉬며
가눌 수 없는 격정으로 몸부림치던
지난밤을 다독여
아침이면 평온히 눈뜨곤 하지

모난 것들 끊임없이 쓰다듬어 달래고
무엇이라도 흔적 없이 품어내는 넓은 가슴
어깨 들썩이며 쓸쓸해하는 모습은
많은 이들에게 오히려 위안을 주지

씻기고 맑히며 생명까지 공급하는
어머니 같은 바다여

오늘은 완만한 능선을 타고
출렁이는 세파를 어루만진다
가슴 트이는 체취에 흠뻑 젖은 채

또는 b플렛을 좋아해

페달 때문이었어
그 모호한 비음이 나를 장악해 버린 건

일종의 바람이었지
밀집된 흑백 건반들 사이를 곡예사처럼 떠돌다
불어 든
너와 나의 간극을 지워버린 디졸브

이렇게 단언하는 건
세상사가 그렇게 간명하지 않기 때문이야

도와 레 사이
파와 솔 사이
라와 시 아니,
모든 음과 음, 흑과 백 사이

살 부비는 소리가
난, 좋아
명치끝에서 부대끼던
또닥거리는 네 목소리가

대숲의 여운처럼 울려드는 게

난, 정말 좋아

풀벌레

부디
울게 해 주십시오

밤은 깊숙이 둥지를 틀고
그 거대한 아가리 안에서 별들은
제자리 지켜내고 있습니다

이름 없는 풀잎 풀잎
홀연히 지나는 한 줄기 바람에
살 부벼 제 몸 안고 잠들었는데

차디찬 별빛의 이마를 짚으며
울게 해 주십시오

입을 틀어막아도
솟구치는 이 울음만이
하찮은 내 목숨의 증명인 것을

짓밟아도 뭉개지지 않을
내 이름인 것을

바람도 때로는

때론 나도 머물고 싶다, 여린 풀꽃처럼
흔들리며 꽃 피우며
다정한 이들의 눈부처로 향기롭게

때론 둥지를 틀고 싶다. 새처럼
알도 품고 새끼도 기르고
하나의 사랑을 짓고 싶다

때론 외로움에 갇히고 싶다. 바위처럼
자유 대신 고독으로
자신을 단련하고 싶다

때로는
무너짐을 견디고 있는 오랜 성벽이고 싶다
내 방랑을 이겨내고 사랑하는 이들을 지켜낼
뜨거운 아버지처럼

황색 점선

상황이 여의하면 넘어오세요

일차선을 달리다 만난 그녀
졸린 듯 길게 누워 허리를 튼다
절대 금지선 아니에요
기회가 계속되는 건 더욱 아니죠

그녀의 구멍 난 몸뚱이 저쪽엔
기운 찬 엔진들이 힐끔거리며 지나간다
기회를 잡고 말고는 당신 맘이죠
멋진 드라이브는 당신 능력이구요

심드렁한 그녀
그럴수록 내 신경선은 탄력이 붙고

전후좌우를 살펴본다
등허리에 한 줄금 비가 내린다
유혹은 은은할수록 향기롭고
향기는 감미로울수록 고단한 것
머뭇거리다 나는 결국 그녀를 놓치고

이어진 황색실선 옆을 고철 자동차가 되어 달린다

나의 길은 여전히 일차선

거문도

파도치는 바다 복판에 서서
흔들리지 않고 살아가는 섬
높은 파고도 빈손으로 돌아선다

시름 많은 세상에서
어쩌다 섬이 되어
무엇을 위해 아득한 고독을 견디는 것인지

늙은 거북을 닮은 등허리 위에서
달리던 시간도 걸음을 늦추는데
수행의 끝은 있는 것인지

무심한 시선이 머무는 저만치
바다와 하늘이 하나가 되고
노을도 제 한 몸 풀어 빛을 더한다

제 속에 물결치는 부질없음으로
사람들은 멀미를 해도

섬은 여전히 의젓하다

황사

— 신정호수

수초틈으로 길게 물음표를 빼내어
산자락에 누운 먼 하늘 바라보던 왜가리
가물거리는 능선을 쫓다가
어깻죽지에 고개를 묻는다

자욱한 입자들이 산을 지우고 풍경을 삼킨다
먼 나라에서 날아온 흐릿한 시계視界에
거리는 마스크를 쓰고

오리를 따라가던 잔물결 호흡이 거칠다
하늘과 땅의 경계가 모호한
길섶
봄은 봄을 피우지 못해
반쪽이다

어디가 아픈 건가
눈인가 목인가 가슴인가
혹, 우리들의 엎질러진 어제인가

수습되지 않는 지상의 일에
호수의 침상이 다 젖는다

봄 비

오늘은 세상이 모두 산실_{産室}이다
부드럽고 촉촉한 산파의 손길에
여기저기 산도가 열린다

비릿하고 풋풋한 냄새가 지천이다
고통을 고통인 줄 모르는 백치 여인
지그시 깨문 입술,
흘러내린 머리카락 사이로
이마가 흥건하다

따스하게 질척이는 자궁을 열고
오랜 기다림으로 덩어리진 고백
봇물처럼 터져나온,

봄이다

봄, 바람

어지럼증 도지던 날이었지
가늘게 휘어진 햇살 자락에 쓰러지고 말았어
때늦은 눈발 사이로 간이역이 보였는데

겨우 눈을 떴을 땐
이름 모를 병이 마을에 퍼지고
사내들이 돌아가며 아프기 시작했지
밤이면 아내들을 혼절시키고
날이 새면 다시 시름시름 앓는 병이었어
가슴을 쓸다가 바지춤을 만지다가
하던 일도 엉거주춤 진척이 없었어
마을 여인네들 수군거렸지
누군가 수상하기 짝이 없다고
나른한 기운에
꽃피었던 간밤의 엉덩이 고쳐 잡으며
틈만 나면 삼삼오오 수사망을 좁혀갔어

떠나야만 했지
언제였는지 어디로인지
동구 밖 언덕길에서 뒷모습을 봤다는 둥

그 길에 피어난 꽃들이 그녀를 닮았다는 둥
풍문이 마을을 떠돌았지

어느새, 여름이 오고 있었어

물푸레 여자

물소리에 귀가 젖는 여자
바람처럼 가볍다

헝클어진 옷자락에
제멋대로 나부끼다 쓰러진 젖은 머리칼
허공에 방치한 눈동자가
수면에 출렁거린다

바람이 지나간 후
쓰러진 풀잎인 양 스스로를 일으키며
가슴 여미는 사이
휘청거린 만큼 뿌리가 여물었다

초록물주머니를 찬
물푸레 이파리처럼

마음에 담으면 파르라니
슬픔이 배어나는,

도가니탕

벽에 걸린 모래시계에서 이른 오후가 줄줄 새고 있다

아들이 통닭 먹고 싶지 않느냐는 데 어째 지가 먹고 싶은 눈치더라구 그래서 옜다 며늘아 여기 통닭 값 괜찮아요 어머님 아들이 툭 끼어들더니 자기야 받는 것도 미덕인 겨 그러더라구 한 조각 거들은 게 속이 여태 빡빡해서 죽겠구먼

저쪽 산 밑 그 남향받이 전원주택지 말여 부자들 사는 비싼 동네 아닌감 거기 아주 망했드만 바로 앞에 싸구려 연립이 여남은 동 들어서서 전망을 아주 꽝 막아버렸다니께 왜 웃구 그랴 넘덜 나쁘게 됐는디

그나저나 미튼가 뭔가 사람 숱하게 잡데 그거 박수를 쳐야 혀 말아야 혀 옷 벗는 건 그렇다 쳐도 죽구 그러는 건 아닌 거 아녀 워쩔려구들 그런댜 거기 문 점 꼭 닫구 들오슈 김 빠져나간다니께

요 며칠 코빼기도 안 뵈는 아무개 있잖여 그려 그 가슴 밑에 흉터 있고 모두 동안이라고 입대는 그니 말여 알고 보니 보톡스 부작용으로 얼굴 들고 밖엘 못 나온다네 암만해도 야매로 했나벼

97

그렇게 안 봤는데

다섯 살배기가 이 뜨거운 걸 잘도 참네 할머니 따라 자꾸 오더니 이제 질이 들은 겨 그게 대체 뭐냐니께 뭣이라 기차 타고 가는 배라고 아이구야 잘도 만들었네 배가 기찰 타고 워디루 간다 시방

아이 볼에 열린 홍옥 두 개가 금방이라도 떨어질 것만 같다 흐물흐물한 젖은 살들에서 기어나온 열에 들뜬 모음과 자음들이 땀을 뻘뻘 흘리며 좌충우돌 배회하는 건식 사우나실, 24시간 푹 고은 도가니탕이 불현듯 먹고 싶은.

서랍에서 잠들다

동구 밖으로 이어지는 미루나무 길
자전거를 탄 한 장의 그림이
밑줄을 그으며 달려왔지

—씩씩하고용감한국군아저씨덕택에저는학
교에잘다니고공부열심히하고잘있습니다

수업시간에 단체로 보낸 위문편지,
그 후, 기다림과 설렘은
제비표 빨강가방에 담겨 내게로 왔다

별밤과 풀벌레 울음이 봉투에서 쏟아지고
고단함이 묻은 손 글씨가
먼 곳의 나비, 새와 꽃사슴
무당벌레, 첨성대, 링컨대통령
톱날무늬로 오려낸 신사임당까지
줄기차게 물어 날랐다

그 물 찬 제비 한 마리 어디로 날아가고,

>
뿌옇게 먼지 낀

빛바랜 흑백 풍경들

이제는 기억의 서랍에서 깊이 잠들었다

블랙홀 서재

빽빽한 숲에서 피를 말리는 밤
몸에서 종이 타는 냄새가 난다

한 장의 백지에
낯설고 모호한 생각의 무늬를 찍어야 하는데,

스쳐간다
초침처럼

이 초조함을 집중이라 부를까

문장을 파고드는 예리한 눈빛은
행간에서 뻗어 나온 덩굴손에 휘감겨 빠져들고
시에 대한 예언이 지나갈 때
메타포의 지문止門이 포개졌다

글의 머리를 붙잡는 동안
몸통은 사라지고 제목이 휘청거렸다
꼬리를 놓친 생각과 뒤엉킨 복선으로
백지는 자꾸 구겨졌다

\>

수직으로 오르지 못한 파지의 무더기들,

사생아로 태어난 시는
캄캄한 강의 하류로 떠내려간다

작가 미상의 블랙홀을 향해

사랑을 고백할 수 있는 당당함 혹은 떳떳함

이승하 시인 · 중앙대 교수

사랑을 고백할 수 있는 당당함 혹은 떳떳함

이승하 시인 · 중앙대 교수

서양에서 시의 시초는 서정시가 아니었다. 호메로스의『일리아드』와『오디세이』에서 시작된 시의 모습은 전쟁과 모험을 다룬 서사시였고 장시였고 영웅담이었다. 그러면서도 운율이 있었다. 그 다음에 등장한 것이 극시였다. 시이면서 극이어서 디오니소스 제전 때 경연을 하였다. 아이스킬로스 · 소포클레스 · 에우리피데스의 극시는 내용은 처절한 비극이었고 형식은 무대에서 펼쳐진 음악극의 대본이었다. 일부 대사는 현대의 뮤지컬처럼 노래로 만들어져 불리어지기도 했다. 이후 모더니즘의 역사가 시작되면서 전통의 소나타 형식을 버리고 자유시를 쓰게 된다. 프랑스 상징파 시인 보들레르는 산문시의 원조로 가름할 수 있다.

그러나 동양에서 시의 원류는 민요였다. 공자가 편한『시경』속의 305수 시가는 거의 다 노랫말이었다. 즉, 사람의 감정을 어떻게 표현하느냐가 중요했지 거창한 서사가 중요한 것이 아니었다. 특히나 305편 중 '風' 160편은 남녀상열지사를 위주로 한 연애시였다. 서양의 시도 서정시의 원류는 그리스의 시인 사포의 연애시였다.

서양의 시가 모방론을 중심으로 창작되었다면 동양의 시는 효용론을 근본으로 한다. 『논어』에 나오는 '詩三百一言以蔽之曰思無邪'라는 말은 동양 최초의 시론이다. 시를 자꾸 읽다 보면 마음속의 삿된 생각이나 욕심이 사라져 평정심을 갖게 된다고 주장하였다. 그래서인지 관리를 등용하는 과거제에 시 쓰기를 넣어, 선비는 누구나 시를 짓게 되었다. 『논어』에서 시의 효용은 이렇게 설명이 되고 있다.

詩可以興可以觀可以羣可以怨邇之事父遠之事君多識於鳥獸草木之名

시는 사람의 감흥을 자아내게 하고, 사물을 살피게 하며, 여럿이 어울릴 수 있게 하고, (위정자의) 잘못을 원망할 수 있게 하며, 가까이는 아버지를 섬기게 하고, 멀리는 임금 섬기는 도리를 배우게 하며, 또한 새와 짐승과 초목의 이름을 많이 알게 한다.

최혜옥 시인의 시를 읽다가 느낀 점은 서양의 자유시가 갖고 있는 자유분방한 상상력과 동양의 시가 지니고 있는 웅숭깊은 고전미학이 잘 어우러져 있다는 것이었는데, 그래서 해설문의 앞머리에 동·서양 시의 차이에 대해 잠시 언급해 보았던 것이다. 자 이제, 시집의 앞머리에 있는 몇 편의 시를 감상해 보도록 하자.

그대에게 가는 바닷길이 있다

안부를 묻는 엽서 한 장 배달되지 않는

방파제 끝,

망부석이 된 우체통 옆에서

심해로부터 울려오는 첩첩의

푸른 간절함 그 너머로

그대에게 가는 하얀 길을 본다

— 「간절곶」 부분

　울산에 가면 서생면 대송리 일원에 돌출한 곳이 있다. 이 간절 곶엔, 아이를 업고 서서 바다에 나가 돌아오지 않는 남편(어부)을 기다리는 여인의 동상이 있다. (백제가요 「선운산가」 참조.) 화자는 이 간절곶의 방파제 끝에 가서 그대를 간절히 생각한다. 피치 못할 사유로 내게 도착하지 못하는 그대를 하염없이 기다리고 있다.

달아나는 너울이 그대인 듯

물길을 만들며 멀어진다

눈길로 재어보는

그대와 나의 거리

지울 수 없는 길이 파도로 떠다닌다

파랑波浪으로도 닿을 수 없는

그대만 간절한 곳에서

간절곶을 본다

— 「간절곶」 부분

사랑했다 이별하고, 이별한 후에 그리워하는 것은 이 땅에 시가 등장한 이후 줄기차게 노래로 불리어진 내용이다. 최초의 고대가요 「황조가」가 창작된 해는 기원전 17년, 유리왕 3년 시점이었다. 본국으로 가버린 치희를 그리워하며 부른 그 노래로부터 시작된 이 땅의 시는 김소월의 「진달래꽃」과 백석의 「나와 나타샤와 흰 당나귀」와 서정주의 「귀촉도」와 박재삼의 「울음이 타는 가을강」까지 연면히 이어져 흐르고 있다. "그대와 나의 거리"가, "지울 수 없는 길"이 파도로 떠다닌다는 안타까움은 "파랑으로도 닿을 수 없는/ 그대만 간절한 곳에서/ 간절곶을 보는" 것으로 이어진다. 그대를 그리워만 할 뿐 내가 어떻게 할 수는 없는 것! 그래서 시가 탄생하는 것이려니.

제주엔
애월이가 산다

사철 돌 바람 불고
파도 멎지 않는 그곳

눈도 귀도 입도 없어
한 가닥 애증도 없는
달빛만 교교한 애월이가 산다

푸른 파도에
짠 세월을 씻으며,
허벅으로 길어 나른 바다를 걸러서
맨발로 소금을 짓는,

정박을 잊은 그대를 위하여
밤이면 하염없이 등대를 밝히고
그리운 그대를 물질하다
제 넋이 나가버린 애월이가

간절히, 간절히,
산다
— 「애월항」 전문

간절해서 간절곶이고 애절해서 애월항인가. 요즈음 효리네
민박집 덕분에 더욱 유명해진 곳이 제주도 애월항인데 '애월'은
실은 기생의 이름이다. 제주통판濟州通判으로 부임하는 전우성全
宇成이란 선비가 제주기생 애월과의 사랑을 읊은 「금루사」라는
가사가 있었다. 전우성이 기생 애월을 잊지 못해 제주도로 다시
갔지만 아뿔싸, 애월은 장사꾼 남편과 결혼해 살고 있었다. 그래
도 그는 애월과 몰래 만나 정을 나누고, 마침내 그녀와의 관계를
끊어야 할 귀국 상황에 이르러 자신의 애절한 심경을 한 편의 가
사로 노래한다. 이승에서 못 다한 사랑을 저승에 가서라도 나누
자고 서약하는 사랑노래로서, 18세기 때의 작품치고는 아주 환

상적인 작품이다. 「애월항」의 간절함은 「금루사」에 못지않지만, 독자로서는 '제 넋이 나가버린 애월이'에 대한 정보가 부족하므로 감동이 약화될 수도 있다. 하지만 화자는 애월이 이야기를 빌려 자기 이야기를 하고 있는지도 모른다. 그 사랑의 실상이 몹시 궁금하다.

새벽 발치 이불자락에
문득 도달한 그대의 기별

질펀하게 달궜던 여름날의 연애담과
잉크냄새 싱그러운 능금빛 신간 한 권 들고
얼굴 맞대고 싶다는 소식

가을 풀벌레들 노랫가락에 물빛도 서늘하고
넘실넘실 깊어가는 술잔에
우리의 시간은 또 얼마나 무르익을 것인가

길섶의 풀잎들 매무새 가다듬고
햇볕을 뒤집어쓴 벼이삭들도
일제히 고개 빼어 기다리는데

기어이
쓰르라미가 내 발등에 울음을 엎질렀네
— 「입추」 전문

이 시의 화자는 여름날의 연애를 생생히 기억하고 있다. '능금 빛 신간 한 권'은 본인의 시집일지도 모르겠다. 하지만 기다려도 기다려도 그대로부터 기별은 없고, 가을이 성큼 다가왔다. 마지막 연은 화자의 애타는 심정을 대변하고 있다. 이런 애절함, 안타까움, 하염없음의 정조는 다른 시를 읽을 때도 종종 느낄 수 있다.

> 퇴고 중인 가을 한 권
> 붉은 유서가 기록되는 허공이 어지럽다
> ─「가을 한 권」 부분

> 텅 빈 벌판에 누워
> 자궁 깊숙이 잿불을 묻고
> 여자가 봄을 기다리는 동안
> 바람은 소리로 집을 지었다
> ─「겨울 들판」 부분

> 겨울 우체국이
> 주소 없는 봉투에
> 애먼 우표만 덕지덕지 붙이고 있다
> ─「겨울 우체국」 부분

사실 이런 식의 이별 이후의 애틋한 정조는 우리에게 아주 익숙한 것이다. 현대시사에 있어서는 소월과 영랑이 개척하였고

청마와 미당이 완성했다고 볼 수 있다. "파도야 어쩌란 말이냐/
파도야 어쩌란 말이냐/ 임은 뭍같이 까딱 않는데/ 파도야 어쩌
란 말이냐/ 날 어쩌란 말이냐"(「그리움」) 같은 절창을 토해낼 수
는 없을지라도 연애시를 읽을 때 독자가 기대하는 것은 그 어떤
간절함이나 처절함이 아닐까. 소재와 주제가 비슷한 2편의 시를
비교해 볼까 한다.

촘촘히 엮인 입술 틈새로
밤과 낮의 눈물을 받아 마신다

시간이 흘러들어 그녀에게 시비를 거는
천년 묵은 돌기를
쓰디쓴 눈물이 목 줄기를 타고 넘어
난데없이 방치된 뒤통수를 치기도 한다
— 「그녀의 입은 정수리에 있다」 부분

미끄러지듯 잠입하였지
네 입술을 열고
콸콸 솟구치는 나를 밀어 넣다가
곧 불이 날 거라는 걸 알아챘지
흰 거품을 물고 있는 목이 긴 글라스에
시치미를 떼고 마음을 숨겼어 달빛이 휘청거리고
뻐꾹새는 딸꾹질을 거듭했지
시큼한 밤꽃향이

온 들판에 번지고 있을 때

— 「그 여름의 Beer, 칵테일」 부분

앞의 시는 추상적이고 애상적이다. 뒤의 시는 구체적이고 적극적이다. 해설자는 해설만 하면 되지만 뒤의 시가 훨씬 나으니 앞으로는 이런 유의 시를 써 달라고 부탁하고 싶다. 시의 화자가 감상에 사로잡혀 눈물을 흘릴 수도 있지만 독자는 영악하고 대개 센티멘털리스트가 아니다.

시란 무엇인가. 1930년대에는 소월의 「진달래꽃」이 최고의 연애시였겠지만 이제는 그런 산화공덕散花功德이 사람의 심금을 울릴 수 없다. 하염없는 기다림과 애절한 바람이 시를 쓰게 하는 원동력이 되는 것이 아니라 외로움을 떨쳐버리려는 매서운 결기, 그리움에서 벗어나려는 끈질긴 노력이 훌륭한 시를 탄생시킬 수 있을 것이다.

외로움도 익숙하면 따뜻해지는 법.
찬비에 지워진 길이 몸을 움츠릴 때
나는 링크를 한다네
은밀한 문, 빗장을 풀고
나에게로 나를 전송한다네

— 「외로운 날의 하이퍼링크」 부분

외로움에 지쳐 간절곳을 찾아간 적도 있었지만 이제 시인은 외로운 날이면 특정 문자나 그림에 다른 문서를 연결한다. 특정

글자나 그림을 클릭하면 이와 연결된 다른 화면으로 이동할 수 있게 설계한 것이 하이퍼링크이니 이제는 "은밀한 문, 빗장을 풀고/ 나에게로 나를 전송"한다. 오늘날의 화자는 성경에 나오는 남자의 갈비뼈가 아니다. 그대에게 종속된 내가 아니라 나로서의 나, 나만의 나여야 한다. 즉, 주체성을 가진 완성된 인격체로서의 나를 정립하고자 한다. 아래의 시는 시어로 '그리움' '기다림' '목마름'을 사용하였기에 센티멘털리즘의 산물이라고 생각하기 쉽겠지만 전혀 그렇지 않다.

그녀는 아무것도 해명하지 않는다

그래서 아무도 모른다
밤도 낮도 없는
평생의 울렁증에 대하여 또는
새하얀 포말, 그
비통한 자각에 대하여

침묵 속 사유가
어떻게 푸른지
무엇에 어떻게
단 하나의 생을 걸고 있는지

아침을 낳는 산고라든가 또는
밤을 새워 품었던 새벽과의 거듭되는 작별,

생앓이만으로도 죄가 된

사랑에 대하여

끝나지 않은 그리움과

그칠 줄 모르는 기다림, 그 목마름에 대하여

멀고 가득한

그녀는,

낯선 시간을 만나고 돌아와

아무것도 해명하지 않는다

— 「그녀의 낯선 바다」 전문

당당하다고 할까 떳떳하다고 할까. 낯선 바다에 갔다 온 그녀는 아무것도 해명하지 않는다. 사랑에 눈 먼 괴테처럼, 영혼을 판 파우스트 박사처럼, 사랑을 쟁취한 마담 보바리처럼. 이런 일련의 시를 보면 최혜옥 시인의 시는 자기를 찾아가는 긴 여정에 오른 이가 쓴 내면일기라고 할 수 있다. 지금까지는 그 일기책을 혼자만 보고 서가에 꽂아두었는데 이제는 다소간 부끄러움을 무릅쓰고 세상 사람들에게 보여주기로 했다.

알아요

전설 같은 아마란스

죽어서도 다시 피어날

덩어리 불꽃

내 간절한 불치병 같은

사랑,

　　　　　―「사랑, 영원한」 부분

디딤목 한 개 없는

어둠이 가득한 빈 둥지

살아서 절명한 그것을 통째로 묻는다

깊이 162센티의 웅덩이에

　　　　　―「고독」 부분

　지금 이 시대에 이런 제목의 시를 누가 쓰는가. 하지만 아무것
도 해명하지 않고서 당당하게 쓰는 시인의 용기가 해설자는 부
러울 따름이다. 고독을 이겨내기 위하여 화자는 사랑을 꿈꾸고
어떤 때는 그 사랑을 실천한다. 그 옛날 중국『시경』의 작자들이
그러했듯이 말이다. 아마란스 꽃으로 만든 차는 붉은데 색깔이
무진장 곱다. 곡물 아마란스인지도 모르겠다. 페루 태생의 슈퍼
푸드 중 하나로 알려진 아마란스는 유럽과 미국에서 찾는 사람
들이 늘어나면서 밀가루 대신 주식으로 사용되고 있다고 한다.
아무튼 사랑이 "죽어서도 다시 피어날 덩어리 불꽃"이라니 무시
무시한 사랑이다. "내 간절한 불치병" 같은 사랑이라고도 하니
그런 사랑 한번 해보고 죽는다면 여한이 없겠다. 시인이 고독의
성채에 칩거한 것은 결국 자신을 만나기 위해서였을 것이다. 소
설은 세상 사람들 사이의 관계에 대한 이야기이지만 시는 나의

내면에 대한 치밀한 묘사여야 한다. 화자는 사랑의 완성(합일이라고 해도 좋다)을 통해 성숙한 영혼을 갖고 싶어한다. 짝사랑이 아니더라도 인간은 자신의 사랑이 성숙하여 결실을 맺기를 바란다. 시를 쓰게 되었다면 이제는 사랑을 동경할 것이 아니라 실천해야 한다. 펜을 들고 있기에 새로운 모험의 길로 떠날 수 있으리라고 본다. 그런데 놀랍게도 시집의 제목이 된 시 「왼손의 애가」는 부제가 '남편에게 바치는 시'다. 남성 독자는 실망감을 느낄 수도 있겠지만 해설자는 이런 시를 쓰는 시인의 용기에 칭찬을 아끼고 싶지 않다.

> 그대 향한 부러움은 열등감이 되고
> 자포자기를 거쳐 달관된 왼손으로 거듭나기까지
> 그대는 아무것도 눈치도 채지 못했지
> 의젓하게 큰 손이 되어
> 자기 몸처럼 아껴줄 뿐이었지
>
> 나 그대만 한 군자를 본 적이 없다
> 친애하는 오른손이여
>
> 그대 서늘한 왼쪽에서 다소곳이
> 함께 잠들리라
> 한날, 한시
> ─「왼손의 애가」 부분

이 시집에는 연애시가 상당수에 이르지만 사실상 이 시만큼 절절한 사랑노래는 없다. 그대와 한 날 한 시에 죽고 싶다고 말하기가 쉬운가. 그것도 그 대상이 남편이라면. 화자는 왼손이고 남편은 오른손이다. 왼손과 오른손이 있어야지 박수를 칠 수 있다. 냄비를 들 수 있다. 이것은 사랑만으로 이루어질 수 있는 것이 아니라 존경심과 신뢰감이 함께 있어야만 가능한 연애감정이다. 아아 얼마나 남편을 사랑했으면! "나 그대만 한 군자를 본 적이 없다"란 말을 내게 누가 해준다면 내 이 목숨도 헌신짝처럼 버릴 수 있으리.

이제 방향을 좀 틀어, 전통적인 서정시풍이 아니라 현대적인 감각에 입각해 쓴 시를 보도록 하자.

눈꺼풀이 햇살에 감전되듯
아침을 켜면
빛의 속도로 도착하는 하루

밤새 포맷된 세포들이
일제히 눈을 뜬다

업그레이드 될 어제를 알집으로 꾸리고
짜고 맵고 달큰 쌉쌀한 하루치를
북 마크할수록 깜빡이는 하이퍼링크들

조그만 배너 속, 더 조그만 링크도

압축을 풀어내면 경계가 무너진다

그릇된 정보와 악성 코드는 조심할 것.
선한 싸움, 사랑 파일에 적극 액세스할 것.

오늘도 하루를 켜고 재부팅하면
꺼졌던 어제가 빛의 속도로 도착한다
　　　　　—「굿모닝 부팅」 전문

　현대인의 일상적 삶이 얼마나 기계에 얽매여 있는지 한눈에
알 수 있게 하는 시다. 시에 동원된 시어가 정보통신시대의 총
아인 컴퓨터의 용어들이기 때문에 이 시가 현대적인 감각을 지
닌 시가 아니라, 시인의 상상력이 구태의연하지 않아서이다. 눈
꺼풀이 햇살에 감전되듯 아침을 켠다든가 밤새 포맷된 세포들이
일제히 눈을 뜬다든가 하는 표현은 무척 신선하다. 제3연의 내
용도 '낯설게 하기'에 모자람이 없다. 소재와 주제와 표현의 삼
위일체. 아래 시의 이런 멋진 표현도 시인의 나이를 짐작할 수
없게 한다.

눈치 빠르게 정확한
빅 데이터의 초음속 같은 분열로
부서지면서 눈빛을 지운 소용돌이
　　　　　—「새 깃발을 든 별들은 제 눈빛을 지우고」 부분

가슴 깊숙이 기억을 꽂고

흔적 모두 찾아 모은 후

Delete키 딱 한 번 누르면 되겠지

— 「그대를 지우다가」 부분

시인에게는 전통의 향기가 어른거리는 연애시를 쓰는 것이 자연스러울지 모르겠지만 이런 식의 모험과 일탈이 최 시인의 시에서 더 필요하지 않을까. 시집을 읽으면서 아쉽게 생각되는 것은 '기억'과 '일상'이 부족하다는 점이다. 독자에 따라 시인의 지난날을 궁금해 하기도 하고 요즈음 삶의 모습을 궁금해 할 수가 있는데 그런 시가 드물다. 아버지를 회상한 다음과 같은 시는 그런 점에서 더욱 소중하다.

한 번 앓을 때마다 뼈가 자랐다

바람을 안을 때마다 뼈가 자랐다

가시를 삼키는 듯 당혹스런 살점마다

선홍빛으로 번식하던 아픔

연체軟體로 태어난 게 화근이었다

45년 간 어둠 속에서

고스란히 뼈가 된 아버지를 만나던 날

퇴적된 흙의 켜 속에서

올챙이처럼 꼬물거리는 나를 보았다

헤엄쳐 일어서느라 놓쳐버린 푸른 시절
살을 에는 시간을 보았다

슬픔이 뭉쳐 뼈가 되는구나

무덤 속에서도
끝까지 남은 것은
앓을 때마다 자라난 무른 뼈였다
— 「무른 뼈」 전문

　이장을 하기 위해 관을 꺼내기도 하고 화장을 하기 위해 관 뚜껑을 열기도 하는데 화자는 "45년 간 어둠 속에서/ 고스란히 뼈가 된 아버지를 만나던 날"을 기억해낸다. 관절염으로 고생하다 가신 것일까, 아버지의 고통을 반추하는 화자의 마음이 독자를 슬픔에 잠기게 한다. 이런 시에 담겨 있는 간절함과 애절함도 사랑시에 못지않음에, 앞으로의 시에 더욱 기대를 갖게 된다.

지독한 목마름이었어
하늘은 저승처럼 아득하고
낙하만을 터득한 나비가 되어
자꾸 아래로 나풀대고

지난 시간들이 한 겹씩 벗겨져 내려
편지처럼 쌓인 기억은

가슴 한쪽에서 재가 되고

(중략)

꿈결처럼 아늑한
어머니의 자궁처럼
거침없는 자유로 갇혀 있었어

아버지가 손수 만든 은밀한 물길을 타고
햇살 걸터앉은 저 높은 곳으로 서서히 오르며
초록 잎눈 같은 사랑의 꿈을
뜨겁게 부풀리고 있었어
　　　　　　　　　　　　　　— 「단풍구경 갔다가」 부분

　뭇 생명의 생로병사에 대한 시인 나름의 사색이 전개되고 있
다. 모든 생명체는 부모의 유전인자를 지니고 태어난다. 그 유전
인자를 자식에게 물려주고 생명체에서 입자가 된다. 놀라운 것
은 식물이다. 씨앗 자체는 생명체가 아니라 물체인데 땅에 떨어
지면 생명체로 둔갑한다. 단풍나무를 보고서 지금은 이승에 안
계신 어머니와 아버지를 생각한 것은 이런 이유 때문이 아니었
을까. 어머니에 대한 다음과 같은 회상기가 가슴을 울컥하게 하
는 감동을 주기도 한다.

　장마가 계속됩니다

소리가 빗금을 긋습니다
아픔도 깊어지면 물이 되어 흐릅니다
이리 눅진한 날이면
애써 통증을 끌어안던 어머니

(중략)

오늘은 온통 어둠뿐입니다
먹장 하늘도 침통하기만 합니다
비에 젖을라 가는 길 막힐라
지금은 또 어느 골방에 숨어들어
눈물을 짓고 계시는지요
그 여린 몸을 단호히 쪼개고 계신 건지요
— 「눈물을 쪼개서 비를 짓는다」 부분

가족사가 세세히 전개되는 것은 아니지만, 어머니에 대한 이
야기가 구체적으로 펼쳐지지는 않지만, 시인 자신은 이 시를 간
절히 쓰고 싶었을 것이다. 이런 식으로, 독자의 감성을 건드리는
시를 더 많이 보여주기를 바란다. 공중목욕탕 탈의실을 공간적
배경으로 삼은 다음 시도 우수작으로 평가하고 싶다.

빗장이 해제되는
낡은 회로들의 순식간의 에러

낡은 문을 재부팅하고
초기화된 그림으로 되돌아가는 길은 없을까

녹슨 저 몸
나사를 죄는 법은 어디에도 없다

— 「괄약근」 부분

생명체의 몸이 언제까지나 젊음을 유지할 수는 없다. "어깨에서 시작된 구부정한 시간이/ 주르르 흘러 하체에서 걸려 있었다" 같은 표현은 놀랍다. 공중목욕탕 탈의실에서 발견한 노파의 똥, 그 똥은 "먹고 먹이는 일에/ 불끈 쥐었던 방심이 풀려/ 몸이 자동으로 열렸던 것"이라고 보았다. 이러한 새로운 발견이 최혜옥 시인으로 하여금 언어의 집을 세울 수 있도록 할 것이다. 대상에 대한 이런 식의 구체적인 형상화가 앞으로는 더욱 필요하지 않을까. 시인이 늦깎이로 등단해 시 쓰기에 몰두하게 된 이유를 확실히 모르겠지만 다음과 같은 시를 보니 시인의 남다른 각오가 느껴진다.

빽빽한 숲에서 피를 말리는 밤
몸에서 종이 타는 냄새가 난다

한 장의 백지에
낯설고 모호한 생각의 무늬를 찍어야 하는데,

스쳐간다

초침처럼

이 초조함을 집중이라 부를까

문장을 파고드는 예리한 눈빛은

행간에서 뻗어 나온 덩굴손에 휘감겨 빠져들고

시에 대한 예언이 지나갈 때

메타포의 지문止門이 포개졌다

　　ー「블랙홀 서재」 부분

　시를 쓰는 것이 이렇게 어렵다는 것을 절감하고 있다. 이 어려
운 길에 들어서서 이제 첫 시집을 준비하는 최혜옥 시인의 앞날
이 순탄하지만은 않을 것이다. 이 길을 어떻게 헤치고 나가 어
떤 높이의 탑을 쌓을지는 시인 본인에게 달려 있다. "꼬리를 놓
친 생각과 뒤엉킨 복선으로/ 백지는 자꾸 구겨지고" 있다. 쓰면
쓸수록 자신감도 잃게 될 것이다. "수직으로 오르지 못한 파지
의 무더기들", 즉 시인이 이룩한 서재가 언젠가는 블랙홀이 될
것임을 예감하고 있지만 결코 운행을 멈추지 않으리라고 생각
한다. 더 많이 거꾸러지고 더 굳건히 일어서서 자신의 길을 타박
타박 걸어가기 바란다. 자전과 공전을 하면서 태양을 맴도는 이
지구처럼.

최혜옥 시집

왼손의 애가哀歌

발   행 2018년 9월 10일
지 은 이 최혜옥
펴 낸 이 반송림
편집디자인 김지호
펴 낸 곳 도서출판 지혜
         계간시전문지 애지
기획위원 반경환 이형권 황정산
주   소 34624 대전광역시 동구 선화로 203-1, 2층 도서출판 지혜 (삼성동)
전   화 042-625-1140
팩   스 042-627-1140
전자우편 ejisarang@hanmail.net
애지카페 cafe.daum.net/ejiliterature

ISBN : 979-11-5728-297-5 03810
값 10,000원

최혜옥

최혜옥 시인은 충남 보령에서 태어났고, 중앙대학교 예술대학원 전문가과정을 수료했으며, 2018년 『애지』로 등단했다. 최혜옥 시인의 첫 번째 시집인 『왼손의 애가哀歌』는 조연배우의 한을 극복해낸 '왼손의 미학'의 전범이라고 할 수가 있다.

주연배우를 향한 부러움이 열등감이 되고, 자포자기가 달관이 되는 조연배우야말로, 그러나 달리 생각해보면 주연보다도 더욱더 성스러운 조연배우이며, 이 조연배우가 없다면 감히 어떻게 주연배우가 그토록 고귀하고 위대한 업적을 쌓고, 수많은 사람들의 영광의 월계관을 쓸 수가 있었단 말인가?

모든 위대함의 기원은 열등의식이며, 열등감의 잠재성과 열등감의 성실성이 『왼손의 애가哀歌』라는 영원불멸의 시를 탄생시키고, 조연배우를 영원한 주연배우로 끌어올리는 전대미문의 기적적인 일을 해냈던 것이다.

이메일 : whatdo12@naver.com